기억속의 삶이 미래를 꿈꾸는 행복이였으면
얼마나 좋았을까(칼러판)
(모든이들이 겪어가는 시간들)

기억속의 삶이 미래를 꿈꾸는 행복이였으면 얼마나 좋았을까

발 행 | 2023년 07월 31일
저 자 | 이동규(유별난 예호(睿峼))
펴낸이 | 한건희
펴낸곳 | 주식회사 부크크
출판사등록 | 2014.07.15(제2014-16호)
주 소 | 서울특별시 금천구 가산디지털1로 119 SK트윈타워 A동 305호
전 화 | 1670-8316
이메일 | info@bookk.co.kr

ISBN | 979-11-410-3794-9

이 책을 내다 보며

어느 누구나 겪어온 동심의 세계
희망도 소망도 기대도 상처도 많았던 어린 시절
좋은 친구들 나쁜 친구들
모두가 삶에서 잃어 버릴 수 없는 경험들
비록 지나 오고
어른들이 되었어도 좋은 추억 아픈 추억도 있기 마련
그럼에도 불구하고
어른으로서 어린이들에게
내가 받은 상처와 아픔 똑같이
모름지기 되 갚아주는 아찔하고 무서운 모습

동심 속에서의 삶을 그리워 보며
느끼고 경험 한 것을 통하여
우리 모두 어린이들에게 꿈과 희망을
그리고 아픔과 상처를
치유 해주는 모습과 삶이 이루어지길 바라며..

목차

38. 개구리가족

39. 깨끗하게

40. 토해내자

41. 메리크리스마스

42. 첨벙첨벙

43. 조심히 조심히

44. 오직 단 한명

45. 너 갖은 만큼

46. 넌 해낼거야

47. 누가살까

48. 신발

49. 가녀린 꽃

50. 검은 구름

51. 뭉글뭉글

52. 삼십원

53. 다락방

54. 오이서리

55. 할머니 입

56. 풀 피리

57. 와 빵이다

58. 마무리

59. 반갑다

60. 손님

61. 너는 혼자서도 할 수 있니

62. 있잖아 듣기만 할 때도 있어야한다

63. 선택의 책임은 너야

64. 너의 일을 해야 해

65. 어른들은 왜 그런지

66. 다 잊은 걸까

67. 어느 누구보다

68. 너의 능력은

69. 소홀하지마

70. 부디 좋은것만 보고 배워

71. 포기하지 말아

72. 존중해야해

73. 정말 불가능 할까

74. 왜 나만

75. 있잖아 건강해야 해

76. 제발 비교하지 말아요

77. 우리는 하나

78. 비웃지 말라

79. 도우며 살자

80. 진짜 모르겠어

81. 깜부

82. 저도 칭찬 받고 싶어요

83. 슬프네

84. 나 때문에

85. 올라보자

86. 내집1

87. 내집2

88. 내집3

89. 내집4

90. 들의 꽃1

91. 들의 꽃2

92. 들의 꽃3

93. 들의 꽃4

94. 들풀

95. 사랑

96. 나 닮은 녀석

97. 몇살

작가의 말
저자소개

자유를 만끽하라

하루 하루
바삐 돌아가네

기계처럼
짜여진 틀에서 살아가네

친구도 없이
나홀로 살 수 밖에 없네

굴러 보자
때굴 때굴 굴러보자

더러워지던 말던
다치던 말던 신나게

햇님과 꽃들을 벗 삼아
배꼽 빠져라 웃어보자

나만의 아지트

숨통이 트이는 보금 자리에서

함께 하는 세상

나 혼자가 아니라
함께 하는 세상

비가 와도 함께하니
행복이 넘치는 세상

나만 아니라 너도 있어
밝은 내일이 있는 세상

웃음 한 가득
행복 한 보따리

너와 나의 세상 꿈과 소망 있는 세상
꿈을 이루어지는 세상 만들어 가자

웃어보자

바쁜 세상
웃지 못하는 세상

웃어보자
마음껏 웃어보자

미쳤다고 할지라도
웃으며 근심 걱정 벗어 버리자

너도 나도 우리 모두
어린아이들

너무 바빠 웃을 날이 없다지만
그래도 동심을 웃으며 지내보자

살아가자

너도 나도 우리 모두
사랑하며 살아보자

도와가며 살아보자
감사 넘치는 삶을 살아가자

이기적인 세상에서
나만아는 자로 자라지 말고

더불어 사는 우리
행복과 사랑을 마음껏 누려보자

부디 행복하게

비가 오는거 보이니
우리 여우 시집 장가 가는가 보다

너희들은 언제나
외롭지 않아 좋겠구나

다투거나 싸우지 말고
사랑하며 오손도손 살아가자

나 처럼 혼자가 아니라
친구들과 우애 좋게 외롭지 않고 행복하게 살아
가려므나

야 여름이다

해변으로 가자 해변으로 가
따뜻한 모래사장
확트인 바다

놀아 보자 놀아봐
가슴 벌리고 숨을 쉬어봐
모든것이 상쾌해 지네

풍덩 풍덩 물장구
모래를 파고 몸을 숨기고
일광욕하며 기쁨 만끽하네

파라솔 피고
먹고 마시고 쉬어가며
오늘 하루 행복에 젖어보자

너의 세상으로

떠나보자
모험을 해보자구나

누군가가 쥐어준 세상에서
마음대로 만들어준 세상에서

벗어나자
내가 만들어 갈 세상을 바라보자

상상의 나래를
너의 세상으로 이루어 가보자

미래가 암울한 세상
밝은 나의 나라를 이루어가자

어디갔지

놀아보자 놀아보자
재미나고 신나게 놀자구나

풍선불고 가면쓰고
맛난거 먹어가며 행복해 보자

어디로 갔지
지난 밤에 신나게 놀던 친구들

또 나혼자
홀로 남겨졌네

이게 내 사는 모습
오직 나 혼자 광대 노릇하고 지내네

쓸쓸해

나 혼자 있는데
왜 비가 올까

너무나도
외롭고 쓸쓸하네

거기 누구 없나요
내가 우산 씌워 드릴께요

혼자 춥게 지내지 말고
우리 따뜻하게 같이 지내자 찬구야

어디 어디 있나

숨어라 숨어라
꼭꼭 숨어라

하늘보고 꽃 보느라
숨질 못하면 걸린다

너희들 모두 찾았는데
나를 찾아봐라

먹이 찾느라 정신 없고
풀 내음 꽃 내음에 정신 없구나

싱그러운 봄 향기에 취하여
웃고 웃으며 행복해 보자구나

신기하고 아름다와

둥둥 사랑풍선 매달려
하늘 높이 올라보네

구름들이 반갑게 인사하고
나도 행복한 웃음 방긋

신기하고 놀라운 세상
개미같이 조그만 것들

하늘을 나는 기쁨
내가 주인공이 되었네

떨어질까 조심스럽고
터져 버릴까 조마조마

암마가 부르는 소리
깨기 싫은 행복한 꿈이었네

먹어보자

먹어보자 먹어보자
맛 없다 불평 하지 말고
맛나게 먹어보렴

너도 나도 우리모두
신나게 달걀을 먹어보자

삶아서, 후라이, 계란말이, 달걀찜
엄마가 해준 것 모조리 먹자구나

약한 몸 비웃을라
건강하게 자라 보자

돕고 살래

아이고 힘들어
나 혼자 못하겠어

저멀리 가야 하는데
나좀 도와주렴

나도 너가 필요하면
어네던지 도와줄께

우리 함께 돕고 살아
행복한 세상 만들어 가자

아가 손

고사리 손
엄마 힘들까 물 속에 풍덩

엄마 손 거칠다고
아가 손 열심이네

싱글 벙글 웃기도 하고
땀을 닦이도 하네

아기가 귀여워
엄마 손이 어느샌가 돕고 있네

팔짝 뛰어도
닿을 수 없는 빨랫 줄

엄마가 도와줘
방긋 웃으며 아가를 안아 빨래 널게하네

아가는 신이나 웃음꽃
햇님이 말리워 가고 있네

"사랑은 마음과 삶이 함께하는 거라네"

그리움

크고 작은 물방울
엄마 아기 물방울

엄마 물방울 펑하는 소리에
눈시울 적시며
가슴 쓸어 내린 아기 물방울

몸 안에 보듬고
다칠새라 지켜주던 엄마 물방울
그리움에 눈물 주루룩 흘리는 아기 물방울

마침내 펑하고 터진 엄마 물방울 되어
아기 물방울 품안에 감싸고 지켜주다
다시 펑하는 소리를 내고

계속 이어지는
엄마 물방울의 펑하는 소리에

깜짝 놀람과 그리움에 젖어든 아기
아기의 울음소리만 끊이지 않고 들리네

"자녀들에게 부모들의 따뜻하고

포근한 애정을

성장해서도 그립고 찾을수 있도록 해주면

어떨까요?

자녀들에게 이런 추억과 기억은 힘이되고

다시 일어나도록 만들어 줍니다"

닮고 시퍼라

쬐그만 나
기린처럼 크고 시퍼라

여기 저기 두리번
먼저 보고 알려주네

기나긴 다리가
멀리뛰기 일등 왕

짧막한 내 다리
기린 처럼 느려 볼까

경쟁자가 누구일까
내가 이기고 싶네

신나게

룰루 랄라 춤을 추며
봄 맞이 소풍가네

햇님이 방긋 웃고
꽃님들이 함박 웃음 피우네

이쁜 꽃들이
행기를 뿜어내고 있네

기쁨 주체하지 못하고
방글 방글 웃으며 신이나네

꼬르륵 냠냠
엄마 도시락 꼬-옥 꼭 씹어 맛있게

재미나고 행복한 나
토끼처럼 팔딱 파딱 뛰어가네

바라보네

쑥쑥 자라가네
해를 먹어 가면서

바라보네
앞을 바라 보고 성장하네

머리 숙여 인사하네
겸손함을 가지고 살아가네

너도 나도 우리 모두
해바라기 처럼 살아가 보자

날려라 높이 날려라

뛰어라 뛰어라
열심히 달려 보거라

연이 훨훨 날아
높이 높이 올라 가듯

너의 꿈과 소망을
높이 쏘아 올려 보거라

눈깔 사탕

눈 알 처럼 생겼다고
눈깔 사탕

하얗고 동그라서
입에 넣으면 퉁그러지네

작은 것 십원에 열개
왕 눈깔 사탕 한개에 십원

아까와서
깨 먹지 못하고 이리 저리 굴려 먹네

실수해서 땅에 떨어지면
얼른 주워 입으로 핧아 침 뱉고 다시 입에 넣어 빠네

고양이

춥다고 양지 바른 창가 찾고
졸립다고
눈치보며
무릎에 올라와 눕고

배고프다고
가는 길 마다
앞정 서고
밥 주면 허겁 지겁 먹네

춤을 추네

채소들이
신나게 춤을 추네

나는 먹기 싫은데
내 입에 들어 오겠다고 야단이네

난 손으로 입을 막고
채소들 춤 추며 애원하네

채소들이 온갖 이쁜 모양
보기 좋고 먹기 좋게 보이네

한번 먹어 볼까
아- 내 입에 들어와

기여코 입으로 춤추며 쏘옥
막있게 냠냠 먹어보네

얼음 덩어리

엄마 엄마 큰일 났어
하늘에서 얼음이 떨어져

엄마 내 머리에 떨어졌어
많이 아파

이거봐봐
너무나 차가와 손이 시려워

그건 얼음 같은 건데
우박이라고 한단다

잘못 맞으면
다치기도 하나 조심해라

이게 우박이구나
꼭 캔디 같아 먹고 싶다

소꿉장난

우린 부부
너는 남편
나는 부인

여보 일어나 아침 먹어요
응 벌서 아침인가요
냠냠 맛있어요 여보

여보 남편 출근 할께
올 때 당신이 좋아하는 것 사오고
돈 많이 벌어 올께

네 그러셔요
조심하시고요
여보 사랑해 잠까만요 쪽쪽

하모니카

불어보자 불어보자
신나게 하모니카를

옥수수 한입 두입
두줄만 덩그라니 남겨놓고

윗니 아랫니 두개씩 대고 입술을 대며
우-우 으-음 장단 맞춰 불어보자

숙제

잡아야 한데
나비와 잠자리를

죽여야 한데
온갖 곤충들을

썩지 않도록
잘 말려서 채집해야 한대

못하겠어 못하겠어
내 마음이 너무 아파

생명을 죽여야 해
꼭 나를 죽이는 것 같아

죽은 척

죽었다 죽었다 엄마가
간지럽혀 본다
인기척 없다

엉엉운다
엄마 킥킥 웃는가
왜 장난 할까

한두번 속논다
이제는 눈 하나 깜짝 안하고
나가서 신나게 논다

정말 죽어도
모르겠다
하도 거짓말 죽음이라서

고드름

한 겨울 발 동동 손에는 호호
친구들이랑 뛰어 놀다
목이 마르면 고드름 뚝 따서 빠네

요즘은 먹기 모하겠지만
나 어릴 땐
고드름이 아이스케키이고 간식이라네

무더위 식히는 유일한 방법
너도 나도 한개씩
큰애나 작은애나 뚝 따서 쪽쪽 빨고 있네

나 죽네 죽어

어이하나 어이하나
여기저기 돌아다니다
얼어죽게 생겼네

겨울잠 자기위해 겨울 준비 해야하는데
재미나게 놀기만 하다
아무것도 준비 못했네

누구의 탓이 아니라 내 탓이로세
게으렀던 내 탓이라네
내 할 사명 이젠 봄을 알지지 못하겠네

돌봄

사랑스런 아기
요리조리 아무리 쳐다 보아도 내 자식

배고플새라 다칠새라
언제나 노심초사
혹시 누군가가 납치 할까
두눈 부릅뜨고 유심히 지켜보고

아가들에게 방심하여
유괴 당하고 교통사고나고

아무리 소중한게 있다한들
엄마 아빠에겐 아가들 보다 중요한게 없을 텐데

아가들 나 홀로 학교가고
나 홀로 집에 있으니 사고 날 수 밖에 없구나

스케이트 타 보자

날마다 오는게 아니라네
겨울에만 유일하게 타보는거

추울라 손과 발
목을 꽁꽁 싸메고
신나게 달리네

논두렁 밭고랑에 물대고
꽁꽁 얼으면
녹을 때까지 피곤한지 모르고 타 보네

한번 들어가 타기 시작하면
얼음 녹아 꿀렁꿀렁
어두 컴컴 엄마가 올때까지 신나게 타보네

내가 좋아하는
유일한 스포츠
언제나 그리워 보네

늦둥이 내동생

엄마가 없을 때면
언제나 내가 늦둥이 동생 엄마

어쩔때는 나이차이 많이나
창피해서 도망가지만

그래도 단 하나 뿐이 없는
귀엽고 사랑스런 내동생

동생의 귀여운 모습
아양과 재롱에 마음을 빼앗기고 마네

비가오면 나가자고 보채고
손 시렵게 손은 꼭 잡고 놓지않네

어딜가나 내동생 보물1호
항상 따라 다니네

혹여나 잃을까 염려하여
사랑스런 내동생 손 놓지 않네

"외롭게 하지마라 서로 의지하고 사랑하고

격려하고 돌보며 살아가게 만들어 주어라.

우리네 인생은 혼자 사는것이 아니라네"

어떻게요 내가 사라져가요

어떻게해요 어떻게
내 몸이 점점 사라지고 있어요

이쁘고 멋진 내 모습
사랑스런 아이들이 만들어 줬는데

어쩌면 좋아요 날시가 무더워
내 몸이 녹아 내리고 있어요

살려주세요
제발 나좀 구해주세요

친구들과 같이 지내고 싶어요
조금만 더 재미나게 즐기다 갈께요

난쟁이 아저씨

아저씨 무엇하세요
지금 집수리하세요

제가 도와드릴까요
아니 아니란다

너가 내집 수리 도왔다간
오히려 다 부숴지겠다

이 조그만 버섯집
네가 들어가기 벅차단다

너의 착한 마음 고맙단다
그냥 보면서 말 벗이 되어 질 수 있니

나는 키가 작아 친구가 없단다
너가 친구가 되어줄래

괜찮니

비를 많이 맞았네
춥겠다

우산 같이 쓰자 괜찮아
난 너의 친구잖아

난 남자 넌 여자
난 너를 보호해야 하거든

걱정하지마
아무도 너를 건드리지 못할 거야

내가 언제나
너 옆에서 있어줄께 알았지

생일

축하합니다 축하해요
생일을 축하합니다

친구들은 어디론가
엄마 아빠 나 단 세명뿐

아빠가 광대노릇가지 다하고
엄마는 온갖 선물 대령하고

좋긴 좋지만
친구없는 나의 생일은 정말 외로와

맛나는 것 없어도
선물이 없어도 오직 내생일에 친구오면 좋을 텐데

웃어도 쓸쓸한 웃음만 입가에
슬픈건지 기쁜건지 나도 모르네

웃자 웃어 내년에는
친구들과 꼭 행복한 생일 파티하리라

축하합니다 축하해요
진심으로 내 모든 것 다해 생일 축하해요

친구가 보내준 축하의 메세지
나를 행복하고 기쁘게 해주네

"함께 웃고 웃으며 행복하게

살아가도록 해주라"

아 이쁘다

이리 보아도 저리 보아도
모든게 이쁘기만하네

나비야 나하고 놀아주렴
너는 이쁘니까 놀아주겠지

너가 나보다 훨씬 이쁘네
예쁜 드레스도 날개까지 있네

너는 마음씨도 곱고 착한 아이구나
다른 아이들은 이곳에 오면
꽃도 따고 나를 잡으려고 하던데

우리도 아파하니깐
놀아줄테니
우리를 사랑하고 보호해주렴

개구리 가족

어디 세어보자
엄마 아빠 여동생 그리고 두리번

깜짝이야 한참 찾았네
내가 여기 있네 하하하

비도 내리고 무지개도 이쁘게 피어 오르고
연꽃 잎에 앉아 노래 합시다

감사해서 개굴
고맙고 사랑해서 개골 개골

건강하고 신이나서 게-애-골
가족이라서 행복해서
갸-아-아-굴 개굴 장단 맞추어 노래하네

깨끗하게

쓸자 쓸자
깨끗하게 싸-악-싹 쓸어버리자

더러운 오물들
우리에게 피해 주는 것

쓸고 닦고 깨끗하게 청소하자
쓰레기 치우고 깨끗한 세상 만들어 보자

"가정에서 부터 청결하게 살아가며

협동심을 키워주자"

토해내자

토해내자 토해내자
더러운 오물 모든 것을 뱉어 버려

큰일 날라 빨리 빨리
깨끗하게 씻겨 버리자

상쾌하게 기분 좋게
가볍고 후련하게 벗어 버리자

메리 크리스마스

함박눈이 내리네
쉴새 없이 계속 퍼붓네

아기 예수 태어나
하늘이 복주고 기뻐하네

엄마 아빠 천사의 말 기억하고
아기 예수 잘 키우시네

세상이 좋아하기도하고
싫어하는 사람들도 너무나 많네

기쁘다 기뻐
우리 예수 구원의 주 오신 날

첨벙 첨벙

신이나네 신이나
비가 오니 내 세상이로구나

엄마 몰래
우산 쓰고 장화 신고

거인 물에 들어가
첨벙 첨벙 놀아보네

혹시 벌레 있나
홀챙이를 잡아 볼까

장화가 더러워져도
옷에 흙탕물이 튀어도 행복하네

재미 있어 신이 나고
비를 맞아도 함박 웃음 나오네

조심히 조심히

나란히 줄 맞추어
조심히 가거라

즐겁다고
한눈 팔다 잃어 버릴라

개구리도 뭉개구름도
비온뒤 무지개도 함께하니 행복하네

방긋 방긋 웃어 보아라
찰칵 사진 반방 찍어 추억 남기자

친구야 친구야 조심히 가고
사랑하며 행복하고 기쁘게 살아보자

오직 단 한명

너는 이 세상에서
소중한 아이야

이 세상에
너는 오직 한명 뿐이야

누군가가
너를 대신 할 수 있는 자는
오직 너 자신뿐이야

너는 제일 중요하고
없어서는 안될 소중하고 귀한 존재야

너 갖은 만큼

너의 관심 속에
있는 친구들이 있니

너가 관심 갖는 만큼
그 친구를 너는 얻고 볼 수가 있어

너에게 친구를
믿는 믿음이 있니

너가 친구를 믿는 만큼
친구의 볼 수 없었던 부분을 찾고 볼 수 있을거야

넌 해낼거야

무슨 할일이
이렇게나 많을까

아직 어린데
아마 어른보다 더 바쁜거 같아

내가 하고 싶은거 하고
내가 좋아하는거 하면 좋겠다

용기 갖자
내가 누군데 모든 걸 겪어가는 어린이

분명 이기고 나갈거고
나는 꼭 모든 것을 해낼거야

나에게 포기는 없어
결국 모든거 완성하고 기뻐 하겠지

누가 살까

안개 낀 세상
아무 것도 볼 수 없는 이상한 나라

여기저기 헤매이다
겨우 눈에 들어온 으시시한 집

저 집에는 누가 살까
똑똑 노크하고 들어가 볼까

혹시 소스라지게
놀라는 일이 생기면 어쩌나

신발

구두 한켤레 현관안에 나란히 쉬고
적막함에 쓸쓸하고 외로움 한 가득
다양한 신발이 놓이기 시작하네.

외로웠던 곳에는 사랑이 가득하고
현관에 놓였던 신발들도 신나 있고
신발들이 걸어온 여정을 자랑 삼아 야기하

가녀린 꽃

하늘 하늘
바람에 휘정

부러질라
아슬아슬

상큼한 향기 머금은
꽃잎 떨어질라

나비도 꿀벌도
방문하네

검은 구름

검은 색을 칠했나
하늘이 온통 까맣고

여기저기 사람들
토끼처럼 뛰아가고

검은구름 어디 아픈지
쉴새 없이 눈물 뿌리네

뭉글 뭉글

희안하게
뭉글뭉글 더 크게 올라오네

맛 좋은 냄새
도대체 무엇이길래

부풀러 오른것
한숟갈 입에 넣고

몽글몽글 계란 찜
푹 꺼져 버리네

삼십원

삼립 크림빵 삼십원
버스비 삼십원

크림빵 먹고 시퍼
버스 타지 않고 걸어가네

왜 그리 맛있는지
입가에 묻었는지도 모르고

한시간 걸려
땀 뻘뻘 흘리고 집에 도착하네

다락방

어두 컴컴한 방
천장은 낮고 지저분하네

매일 밤마다
계단으로 올라가 잠자리 드네

무서워도
아무말 못하고

아파도 어두운 다락방
나 혼자 끙끙 앓고 있네

오이서리

학교 갔다
터덜터덜 걷는다

목이 말라
사방을 두리번

오이밭으로
쏜살 같이 들어가고

두개를 따서
하나는 먹으며 다른 하나는 손에 쥐네

야 이놈아
오이 서리 하지마

걸음아 나살려라
마구 달려 도망치네

할머니 입

하나 두~우울
빠져 나가는 이빨

엉엉 울어 보지만
아무 소용 없네

헌니 지붕에 던지고
이쁘고 깨끗한 이빨 달라고 하네

이빨 빠진거 감추려고
쪼글 쪼글 할머니 입이 되어 버리네

풀 피리

언니 오빠들
산으로 들로

나도 뒤따라
쫄랑 쫄랑 쫓아가네

풀을 뽑더니만
입에대고 부네

피-리-리 삐-리-리-리
아름다운 소리 울려 퍼지네

나도 따라 해보지만
소리가 나지 않아

그저 언니오빠 흉내
입에서 뿌-우웅 삐-이-익

와 빵이다

와 빵이다 빵
내가 좋아 하는 빵이다

김이 모락 모락
앗 뜨거

호-호 불어가며
귀여운 새입에 한입무네

혀가 이리저리 움직이며
앗 뜨거워 허-허

너 입에서 연기나네
꼭 불이난거 같아

너무 맛있어
천장 다 데였네

역시 호빵이야

너무나 맛있는 호빵

" 웃음이 가득한 삶을 살아가게 하자"

마무리

시작은 근사해
마음을 굳게 먹거든

열심히 하려 하지만
유혹이 많이 따라와

그래서 마무리
마무리에 문제가 생겨

아무리 시작이 좋아도
마무리를 못하면 평가가 나쁘니까

시작도 중요하고
마무리도 잘 해야해

반갑다

갑자기 쏟아져 내리네
펑펑 하얀 가루가 내려오네

새 하얀 바둑이
쫄망 쫄망 반갑다고 뛰고

나도 기분 좋아
춤을 추며 두손 하늘로 펼치고 빙빙도네

눈아 눈아
내 입으로 들어와라

아 시원하다
눈 송이가 물로 변하네

손님

탁 탁 소리가 들려
어디선가 찾아보니

톡 톡 참새 한마리
창문을 쪼고 있네

손님 맞이하려고
창문을 열고 먹이 손에 놓는데

친근감 있게 다가와
손에 앉아 콕콕 찍어 먹네

너는 혼자서도 할 수 있니

친구야
너는 혼자서 하니

옷 입는 거, 밥 먹는 거
그리고 화장실 가는 거

왜 그런거 묻는데
말하기 싫어

우리 나이때는
스스로 다 할줄 알아야해

잘못하면
커서도 혼자서 못한다

언니 오빠 형들이
부모 없으면 아무 것도 못하는거 보았어

스스로 할 줄 알아야

나중에 힘들 때도 혼자 할 수 있어

"혼자서도 할 수 있는 일이 반드시 있다

혼자서 할 수 있는 것은

스스로 하도록 하며

의존력보다 독립심을 키워주어라"

있잖아 듣기만 할 때도 있어야 한다

너무나 많은 말을 하지마
듣기만 할때도 있어야해

듣지 못하면
너의 고집만 내세우는 거야

들어야 하는 이유는
그 들음을 통해

너가 잘 하고 있는지
생각 할 수가 있거든

듣는 건 싫을 때도 있어
그게 언젠지 너는 알지

선택의 책임은 너야

선택은 너가 하는 거야
누가 선택해주는거 아니야

누가 선택해줘서
그것이 문제가 되면

너는 너가 책임지려 하지 않고
선택해준 사람에게 책임지라고 할거야

너가 선택하고
너가 반드시 책임져야 한다

지금도 그렇고
커서도 너는 그렇게 해야 해

너의 일을 해야 해

너의 할일을해
남의 일을 하지 말고

남의 것이 좋아 보인다고
빼앗지도 말아 그건 너의 일이 아니야

너가 하고 싶은 일을 해
그건 참 중요하단다

너는 로보트가 아니잖아
너의 부모가 너의 삶을 살아주지는 않아

어른들은 왜 그러지

어른들은
우리 같이 어릴 때가 없었나

분명히 우리같이 어리다가
어른이 된거 같은데

우리처럼 작을 때
우리같이 경험 했을 텐데

우리와 같은
고민도 생각도 하였을텐데

그런데 왜
우리 마음을 모를까

알면서도
모르는 척 하는 걸까

아니면 어릴적을
다 잊은 걸까

그것도 아니면
어른들로 자라서 그런걸까

있잖아
우리는 변치 말자

우리는 어른이 되어도
우리 어린 시절을 잊지 말자

우리 어린 시절을 떠 오르고
우리와 같은 아이들을 생각하자구나

어느 누구 보다

너는 들어 보았니
다윗에 대해서

다윗이 쬐그만데
양을 지키고 보호 했잖아

믿음이 강해서
쪼그마한애가 골리앗도 죽였지

부모도 형제도 믿지 않았는데
다윗이 위대한 왕이 되었지

너도 마찬가지야
너가 조그만 하다고 과소 평가 하지마

너도 할 수가 있거든
너도 무한한 능력이 있어

어느 누구보다도
너는 더 크고 멋진 사람이 될거야

내가 장담할께
지금부터 귀 죽지 말아

믿음 가지고 최선 다하며 당당하게 살아
너는 반드시 어느 누구 보다 더 큰 사람 될거야

"긍정적인 삶을 살아가도록

만들어 주어라

시작도 하기전에

싹을 자르지 마라"

너의 능력은

너 가진 능력
보여 줄 수 있니

너가 잘하는 것들
그것이 무엇인가가 중요하거든

다른 아이들은 잘한다고
재능이 많다고 풀 죽지마

너에게도 너만 가진 것
아주 소중한 것이 있거든

근데 너가 모를 수도 있어
다른 아이들만 보고 부러워 하니까

부러워 하지말고
곰곰히 생각해봐 분명 찾을 거야

소홀하지마

작은 일 큰 일
그건 사람들 생각에 달려있어

그렇지만 작은일에 소홀하면
그보다 더 큰일을 할 수가 없어

비록 작다고 생각하지만
그 일에 최선을 다하면

수 많은 일들이 있어도
너는 모든 걸 다 할 수가 있는 거야

그러니 너에게 주어진 일
그것이 아무리 작다 할지라도 소홀하지마

부디 좋은거만 보고 배워

얘들아 얘들아
고민하지 말아라

너희들에게
좋은 것만 보여줘야 하는데

그래도 너희들을 보면
희망이 있어

아직 너희들은
때가 묻지 않았거든

혹시 나쁜 걸 보면
배우지 말고 이건 않되 않되 하렴

부디 좋은 것들만 보고 배워서
아름답고 행복한것만 생각하고 이루며 살아가렴

포기하지 말아

너희들 포기하지 말아
지금 어렵고 힘들다고

하지도 않고
못한다고 말하지마

이왕 해야 하는 거라면
자포자기 하지 말아야지

내가 하기로 마음 먹었다면
죽기 살기로 하는거야

비록 완성을 못한다고 하더라도
아쉬움이나 후회는 없어야지

그러니 포기하지 말고
끝까지 힘내서 해보는거야

존중해야 해

너의 취향 나의 취향
같을 수가 없네

나의 취향이 좋고
남의 취향은 나쁘다고 하지말아

비록 취향은 다를 찌라도
서로의 취향은 존중해야해

정말 불 가능 할까

너가 하려는 것
집에서 부터 불가능이라 말하고

주변 사람들 까지도
부정적으로 보고 말하네

정말 불가능한 일 일까
그건 절대 아니라고봐

가능하다고 믿고
그것을 위하여 최선을 다하면 되는거야

불가능하다고 한 사람들
너의 열심을 보고 찬사를 보낼거야

왜 나만

엄마 아빠
웃기는 짬뽕

같이 밥먹고
같이 티비 보다가

갑자기 소리 지르는데
너흰 들어가서 공부해 한다

밖에서는 티비 소리
시시덕 대는 소리

나는 공부 안하고
컴키고 게임하네

노크도 없이
문 여는게 일상사

재빠르게 돌리고
공부 하는 척

엄마 아빠
정말 어이 없는 사람들

"함께 공부하자

자녀들이 공부하는데 부모들이여

방해하지 마라"

있잖아 건강해야 해

너가 하고 싶은 거 많지
그런데 몸이 아프면 아무 것도 못한다

너무 많이 아프니깐
아픈데 모든 신경이가서 할 수가 없더라

너의 몸이라고
너가 너 맘대로 해서는 않되

나중에 후회하는 일이 없어야해
지금 너가 하고 싶은거 없다고 말해도

나중에 하고 싶은데 몸도 마음도 건강하지 못하면
아무 것도 할수가 없잖아

그러니 부디 너의 몸과 마음을 잘 괸리해야해
그게 너를 위한거야 알았지

제발 비교하지 말아요

내 친구들 하고
내 친척들하고
내 형제들하고 비교하지 말아요

저는 저 입니다.
제가 못하는 것도 있지만
저만 잘하는 것도 있거든요

저는 저이지 제가 다른 사람일 수가 없어요
저도 인격체이고
저도 감정이 있어서
아파하기도 하고 슬퍼하기도 하답니다

제발 부탁 드려요
저를 다름 이들과 비교하지 말아 주세요
저는 저일 뿐이거든요
저를 저로 인정해주시고 받아주셔요

저도 저만의 것이 있고
저만의 것으로 저 나름대로 잘 할 수가 있어요
기다려 주시고 묵묵히 지켜보아주세요

"당신의 자식이 그렇게 싫은가요?

형제들이나 이웃 아이들과 비교회지 말고

자신의 아이만의 가지고 있는

재능과 능력을 보고

칭찬을 해주고 키워주세요

자녀들이 부모를 다른 집 부모와 비교화면

좋은가요?

우리는 하나

우리들의 피는 달라도
우리가 가진 피부도 틀리지만
우리는 여전히 하나야

우리들의 말이 틀린다 하더라도
우리의 몸이 불편하고 어눌 할지라도
우리는 틀림없는 하나야

창조주 하나님은 인간을 만드셨지
모든 것이 틀려진 것은 인간들의 교만 때문이라고
생각해
그렇지만 우리는 하나기에 차별을 두면 안되는 거야

너도 나도 우리 모두
부모와 형제 자매가 다르다 할지라도
우리는   지구라는   울타리에서   같은   사람으로
살아가기에 하나인거야

그러니 편을 먹거나 싸우거나
왕따를 시키거나 폭행하는 것은
분명 잘못 된 것이지

그런 일은 나중에
나에게도 찾아 올 수가 있어
우리는 하나이기에
화합하고 용서하고 사랑하며
살아가야 하는거야

"자녀의 모습은 부모의 모습과 삶이다

자녀를 통하여 부모들이여 자신의 모습과

삶을 바라보라"

비웃지 말라

장애가 있다고
움추려 들지 말거라

장애가 없다고
교만하거나 의시대지 말거라

장애가 있어도
겉으로만 보이지 속은 건강하니라

너희 온전한 몸을 가졌다한들
속은 병들고 장애를 가졌더구나

겉으로 보이는게 중요한게 아니라
보이지 않는 속이 더 중요하니라

장애가 있다고 비웃지 말고
더불어 사는 삶을 살아가는 우리가 되려므나

도우며 살아가자

우리 도우며 살자
너와나 우리는 서로가 존중하며 살아야해

있잖아
너보다 잘난 사람은 아니야
정말 너의 도움이 필요한 사람
너보다도 더 어렵고 힘든사람을 도와야해

너보다 잘나고 부족함이 없는 사람은
진정으로 고마움을 몰라
그리고 댓가를 주면 끝이라고 생각하거든

너의 마음이 중요해
너의 도움이 필요한 사람
누구인지 잘 보고 생각해

도우며 살아가는게 중요하단다
이 세상은 나혼자 사는게 아니라
더불어 살아가는게 우리가 사는 세상이야
너와나 우리가 하나로 돕고 돕는 마음이 중요해

"함께 하는 아름다움

도우며 살아가는 삶

세상을 멋지게 만들어 간다"

진짜 모르겠어

어른들은 거짓말만 하지
그게 무슨 소리야

미쳐요 손해보는거예요
그런말 잘 사용하잖아

진짜야 정말이야 순수한거야
오죽하면 그렇게 말할까

돈을 많이 벌려고
자기만 생각하기에

거짓말 하니까
모두가 속은거잖아

이젠 믿지 못하니깐
믿게 하려고 그런말 사용하는거고

우린 그렇게 자라지 말자
우리는 정직하게 이세상 살아가자

"부모들아 어른들아

자신이 먼저 정직하고 올바른 삶을

살아가며

좋은 본을 보여주고 가르쳐라

자신들이 하지 못하며 자녀들에게 하라고

강요하지 마라"

깜부

너와 나는 깜부지
엉 우린 영원한 깜부야

너 나한테 숨김 없어야해
나도 너한테 숨기는거 없을거야

약속해봐
변치말자고

우린 진짜 친구야
너가 나고 내가 너잖아

깜부 깜부
우린 영원히 변치 않는 깜부

저도 칭찬 받고 싶어요

아무리 잘해도
칭찬을 들을 수가 없어요

동생은 조금만 잘해도
칭찬해주면서 말이예요

조금이라도 칭찬해주면
신이나고 기분 좋아 더 잘할텐데요

조금이라도 못하면
엄청 혼나요

칭찬도 칭찬이지만
부모님 관심도 받고 싶거든요

슬프네

왜 그리도
나를 몰라주는 거지

왜 그리도
나를 이해를 하려들지 않는지

왜 자꾸만
나에게 그러는지

슬프고 괴롭고
마음이 무겁구나

나는 아닌데
내 말을 들으려 하지 않네

나 때문에

그 누군가가 나 때문에
고통을 받는다면
가슴이 찢어지고 미어져
아무것도 할 수가 없네

더군다나
내가 사랑하는 사람들이
나로 하여금 상처를 입는다면
이세상 살아가는 것이 지옥과 같으겠구나

부디 나로 하여금
아파하거나 상처 받지 않토록
더욱 조심하고 배려하며 살자구나

올라보자

오르고 또 오르고
아무리 힘들고 지쳐도
앞을 바라보고 나아가리

오른길 잠시 쉬어가며
올라온 길 살짝 뒤돌아 내려보면
왜 그리 아름답고 사랑스러운지

다시금 충전하여
오를길 오르노라면
시원함과 기대감이 차오르는구나

내집1

내 집은 어디 있나
어데로 가야 찾을려나

열심히 찾아 보아도
내 숨을 보금자리 찾지 못하네

저기가 비었나 가보면
꽉 물리고 쫓겨나네

여기저기 정처 없이 돌아다니다
지친 몸 쓰러져 있는 그곳이 내집이로구나

내집2

찾았다 찾았다
드디어 따스한 보금자리 발견했다

청소하고 장식하고
이제 들어가 편히 쉬어가네

내집 빼앗길까 염려되어
언제나 등에 이고 돌아다니며 안식하네

내집3

이제는 아늑한 집 마련
모든게 완벽하네

아쉽고 허전한데
도대체 무엇 때문일까

오직 한가지 내 없는 건
빨리 서방 만나 웃음 꽃 피련다

내집4

놀랐네 찾았네
천생연분 단짝 만났네

둘이 하나되어
어디서도 맛볼수 없는 기쁨 있네

마지막 할 일 한가지
너와 나 닮은 아기 낳아 행복하게 키우는 거라네

들의 꽃1

제 아무이 이뻐도
혼자 보면 이쁜 줄 모르고

아무리 미워 보여도
같이 보면 이쁘기 마련

둘이 아닌 하나
사랑하기에 그렇다

들의 꽃2

관심 없으면
무엇이 무엇인지도 모르고 스쳐가지만

관심 있으며
별거가 아닐찌라도 유심히 바라보기 마련

너와 나도
언제나 그런거 같다

들의 꽃3

멀리서 보면
모든 것이 눈에 들어오고
은은한 향기 그윽하게 바람타고 코를 스쳐 가지만

가까이서 보면
선명하고 확실하게 보이며 뇌리에 박히고
오로지 그 꽃만 바라보고 향수에 취하네

들의 꽃4

제 아무리 아름답고
이쁜 것이 있다 할찌라도

당신이 내게 없으면
아무것도 아니고

당신이 언제나
나와 함께 하고 있다면

초라하고 별볼일 없는 것이라도
사랑스럽고 아름답게 보이고 귀하게 여겨진다네

들풀

쬐그만게 있을게 다 있네
어쩜 이리 촘촘히
뭉쳐서 태어났을까

앙증맞고 귀엽고 빈틈없는 너
조망맞은 얼굴
마치 내 사랑 모습을 보는 것 같구나

이목구비 또렷하며
싱그럽고 어여쁜것이
마치 그녀로구나

사랑

고통을 머금고
아기를 낳았네

아기를 보니
모든 고통 사라지고
웃음과 환희의 눈물만 흘리네

마음으로 소망하기를
아기애
아프지 말고
건강하고 씩씩하게
잘 자라만 다오

나 닮은 녀석

갓 태어난 내 자식
요리조리
아무리 보아도
미운구석 하나도 없고
미치도록 너무나 사랑스럽다네

하루 하루
나를 닮아가는 모습
어찌나 귀여운지
이루 표현 할 수가 없네

몇살

떡국 한그릇
한살 두살...

떡국 많이 먹으면
나이도 많이 먹는단다

배터져라 열심히 먹어도
내 나이 그대로 어린아이

똑국 안 먹으면
나이가 먹지 않는다나

떡국 안먹어도
나이는 계속 플러스

세월은 떡국과 상관 없이
흐르고 또 흐르고 있네

약 올리는거 즐거워
어른들 아이들 골려먹는 재미

아이들 억울해 하며
짜증내고 울음보 터지고 마네

"속고 속이는 세상

믿을것 하나도 없는 세상

자신도 못 믿는 세상

진정한 믿음을 보여주는 어른들과 부모가

되길 바라네"

오직 너는 한명

이 세상에 너는 단 한명
너를 사랑하고
너 가진 재능을 발휘해 보아
너는 꼭 일어날거야
최선을 다하면 아쉬움이 없거든

폐품

우리집 술을 먹지 않는데
신문도 보지 않는데 어쩌라고

길거리로 배훼하네
거지로 전락하여 폐품을 주우러 다니네
학교에 내기 위하여

혼이난다
출서부에 체크한다
폐품 안가져가면 부모도 오란다

소독

씻을 물이 없다
꼬질꼬질하다
온몸에 이가 디글디글하다

가끔 개울에서 논다
개울에서 목욕하고 빨래도 한다

소독차 나타나면
아이들 따라 다닌다

더러운 몸
이를 죽이기 위해
희뿌연 연기 뿜어내는
소독차를 쫓아 다닌다

시선

따갑다 한들 준욱 들지 마라
너에게는
너만을 믿고 사랑하는 이가 있잖아

너 보다 너를 잘 아는 이들은 없으니
어떠한 경우라도
너 자신이 떳떳하면 되는거야

그들을 신경쓰면 아무것도 못한단다
너 자신과
너를 사랑하고 의지하는자가 있으니
편안한 마음으로 살아가기를 바라노라

돌봄

사랑스러운 아기
요리조리 아무리 보아도 내 자식

배고플새라 다칠새라
언제나 노심초사

혹시 누군가가 납치 할까
두눈 부릅뜨고 유심히 지켜보고

아기들에게 방심하여
유괴 당하고 교통사고 나고

아무리 소중한게 있다한들
엄마 아빠에겐 아가들보다 중요한게 없을텐데

아가들 나홀로 학교가고
나 홀로 집에 있으니 사고 날 수 밖에 없구나

곶감

아야 아야 내 껍질을 왜 벗겨요
나 아프단 말이예요

미안해
사람들이 니가 쫀득한걸 좋아해서

나 목말라 죽겠는데
왜 말리는데요

아- 그건
겉바 속 촉촉 쫀득하게고 만들려고

나 싫어요
통통하고 이쁘고 물기 많았던 내가
쭈그렁 늙은이가 되었잖아요

그렇구나 그런데 어쩌니

너의 이쁜 모습을 좋아하는 사람도 있는데
사람들이 너를 가져가지 않으면
너를 쓰레기통에 버려야 하는데 어쩌니
보기에는 조금 미워 보여도 너를 가져가서 두고두고
맛있게 먹으면 좋지 않겠니

알았어요 내가 양보할께요
그대신 절대 나를 버리지 마요
맛있게 먹어주세요 부탁해요

"음식을 아끼지 않고 버림으로 더 많은

오염과 문제가 커진다.

절약하고 못먹는자들을 돕는 도움의

손길이 되길 바란다"

이루어지는 꿈

얘들아 얘들아
꿈을 꿈으로
끝낼 것이 아니라

너의 꿈을
현실에서 이루려면

그 꿈을 이루기 위하여
계획하고 최선을 다하며
행동으로 이루어 가야 한단다

기둥들아

이 세대를 살아가는 아들 딸들아
진정으로 너희를 위한 것이 무엇인지
너희들만의 꿈을 찾아
그 꿈을 이루려고 노력하여
성취하는 소중한 너희들이 되려므나

으뜸

어여쁘고
향기로운 꽃들

곱디고운
너희들 앞에서
맥을 잃어가네

희망

슬프네, 슬프네,
희망이 없다는 것이
멎었네, 멎었네,
호흡이 멎었네.
버리지 않았네,
포기하지 않았네.
희망을 버리지도,
포기하지도 않았네.
살리려고,
몸부림 쳤네, 몸부림 쳤네,
마지막으로, 마지막으로,
마음속으로 말하면서
마지막으로,
뒷다리 잡고, 거꾸로 들고,
볼기를,
때렸네, 때렸네, 마구 때렸네.
시작했네! 시작했네!

죽었던 강아지가 울기 시작했네.
희망을 가지고 기도하며,
몸부림 쳤더니.
살았네! 살았네! 희망이가 살았네.
기뻤네! 기뻤네!
하염없이 입에서 감사가 나왔네.
부르네, 부르네,
희망이라
부르네, 부르네,
그 이름을.

"희망과 소망의 줄을 놓지 말고

꼭 붙잡고 살아보자

좋은 날이 나에게 온다"

행복

너가 자아내는 웃음
자연스러운 동작들
앙증맞고 애교스러운 자태

행복하고 기뻐하는 모습
지금처럼 성장해 나가면 좋으련만
오직 널 위해 기도할 따름

카메라에 모두 담을 수 없고
제오 한동작만 들어가고
엄마아빠의 가슴속에 기입숙히 담아보네

어찌 그리 슬퍼하는지?

무엇이
그리 슬프고 괴롭길래
눈물 넘어 핏물을 흘릴까?

너의 상처, 아픔
내 보다듬어
있을 수 있으면 좋으련만,

우선 원도 없이 토해 내거라.
그러면 조금이나마
시원하고 답답했던 가슴
조금은 풀릴거란다.

그후에
내가 생각나거들랑
언제던지 연락해줄래?
난 언제나 너와 함께 있을거니까

왜 아이들에게"

희망과 기쁨이 없는 아이들
부모의 욕심을 채우기 위하여
찌들고 고통 받는 아이들

먹는둥 마는둥
자는둥 마는둥
언제나 풀이 죽어 있거나
반감에 물들어
동료들이나 후배들 두들겨패는 아이들

언제 아이들을 위한
아이들의 세상이 있을것인가
무지개 빛이기는 커녕
꿈도 희망도 없이
로보트역할만하네

어이하나 어이하나
아이들의 꿈이 상실되고
부모들의 욕심을 위해 살아가는 아이들

왜 자가들이 하고 싶은 것
지들이 하면 될 것이지
자녀들을 자기들의 욕심 채워주는 노예로 만들까
자기들은 할만한 능력도 머리도 없으면서
자기들은 나같은 시절에 무얼했나

"부모들아 당신들의 욕심을 자녀들을

통하여 대리 만족하지 마라

당신들의 것은 당신 것

자녀들의 것은 자녀들의 것임을 알라"

어린이날

있잖아 오늘이 어린이 날이래
그런데
나하곤 상관 없는 날이야

오늘이
나는 더 외롭고 쓸쓸하거든
거기에 더 슬퍼지는 날이야

너희들은 좋겠다
좋은 옷 입고, 신발신고
장남감도, 놀러도 가고
맛나는 것도 먹으니 정말 좋겠다

왜 어린이 날을 만들었지
나한테는 도움도 안되고
지금도 나는 구질구질 혹시 먹을거 어디 있나
땅만보고 다니는데

집이 있으면 무얼해
나를 반기는 사람이 아무도 없고
내가 이 세상에 태어나게 한 사람들이 누군지도
모르고
얼마나 죄를 지었으면
천덕꾸러기 버림 받았을까

오늘은 육교에서
내일은 다쓰러져가는 빈집에 숨어 살다가
나쁜 사람에게 걸리면
인신매매, 장기매매, 성매매로 살다가 죽겠지

그래도
밥은 배부르게 먹여줄래나
그러면 난 상관없어

어린이날은
나하고 관계없어
그게 무슨 상관이야

바쁘다 바뻐

무슨 할일이
이렇게나 많을까

아직 어린데
아마 어른보다 더 바쁜거 같아

내가 하고 싶은거 하고
내가 좋아하는거 하면 좋겠다

용기 갖자
내가 누군데 모든걸 겪어가는 어린이

분명 이기고 나갈거고
나는 꼭 모든걸 해낼거야

나에게 포기는 없어
결국 모든거 완성하고 기뻐 하겠지

어린이날 맞이하여

아이야 아이야
순전하고 어여쁘게 자라다오
이젠 거짓말 버리고
속임수 벗어 버리고
깨끗한 새옷으로 갈아 입고
멋지고 사랑스런 너로 자라고 살아 가려므나

아이야 있잖아
수많은 무지개색을 보듯이
너의 꿈도 무지개빛 처럼
아름답고 순수함을 지니길 바란단다.

아이야 너가 커서도 주의 하기 바란다
어린아이가 되라는것이 아니라
동심의 순수한 마음 곱고 아름다운 마음이
퇴색되거나 오염되지 않토록 너 자신을 지키며
살아가길 바란단다.

같이 사라지네

장농속 깊숙히
자리잡고 숨겨진 보따리
무엇이 있는지 아이는 알수 없구나

엄마 아빠 싸우면
엄마랑 같이
영락없이 없어지네

어린아이 혼자
아무것도 못먹고 굶주린채
아빠 들어올 시간만 기다리네

엄마가 싸 놓은 장농속 보따리
있으면 장농에 있고
사라지면 보따리도 없네

무엇이 들어 있는지

얼마나 소중하면
자식은 버리고 보따리만 챙겨가나

"자녀를 소중히 여기라.

나에게 내 자녀 보다 더 귀한것이

어디 있을가?"

아 이쁘다

이리 보아도 저리 보아도
모든게 이쁘기만 하네

나비야 나하고 놀아주렴
너는 이쁘니깐 놀아 줄거지

너가 나 보다 훨씬 이쁘네
예쁜 드레스, 날개까지 있네

너는 마음씨도 곱고 착한 아이구나
다른 아이들은 이곳에 오면
꽃도 따고 나도 잡으려고 하던데

우리도 아파하니깐
놀아 줄테니
우리를 사랑하고 보호해주렴

너가 원하는걸 하려므나

아이야 아이야
엄마 아빠 눈치 보지마라

아이야 아이야
엄마 아빠가 원하는걸 너가 하는게 아니야
아이야 너는 너의 인생을 살아야해

아이야 아이야
너가 좋아하고 행복한일이 무엇이니
넌 그걸하면 된단다

다만
아이야 있잖아 너는 아직 어리기에
옳고 그름을 모를 때도 있어
그때는 꼭 물어봐줄래
내가 도울수 있는건 돕고시퍼

너를 사랑하니까
"아이야 아이야"

너가 사랑하고
너가 좋아하는것
안하면 죽겠다는 것이 있다면
그것을 죽어라 하거라

아이야
부모가 아무리 너의 길을
반대 할찌라도
그것에 굴하지 말고
포기도하지 말고
끝까지 하고싶은 것을 하거라

그것을 통하여
만족과 기쁨
그리고
반대했던 부모들을 놀라게 하거라
그것이

진정한 너의 승리이고
더 멀리 바라보고
나아가거라

"죄짓는것만 빼고

자녀가 원하는 것이 무엇인지 확실히

찾도록하며

찾았을 때 그 원하는 것을 하도록

밀어주어라"

기운좀 차려볼래

아이야 아이야
왜 그리도
힘들고 지쳐 풀이 죽어 걷고있니
기운좀 차려볼래
내가 너와 함께 할께

다른아이들이 너에게 무어라 하던
준욱 들지마라 아이야

난 너의 마음을 알아
나도 너와 같았었거든
이제 훌훌 털어 버리고
어깨를 활짝펴고 당당하게 걸어 보렴

너의 길은 여기가 아니야
너가 조금만 힘내면
더 좋은길이 너에게 주어질거야

아이야 아이냐

내가 언제나 너와 함께 할께

아이야 너의 꿈을 바라보고 힘내거라

" 함께하는 삶 꿈을 키워 가는 동심

행복과 기븜이 차고도 넘치는

아름다운 삶이 있기를"

다방구

멀리 멀리 달아나라
술래에게 잡힐까 걱정될라

혹여나 잡혀도 괜찮다
길게 길게 늘어져 손을 뻗어라

술래 피해 너희에게 달려가
다방구 외쳐대며
너희들의 손을 끊어 살려주마

술래잡기

술래가 숫자를 세니
꼭꼭 숨어라
아무도 모르는 곳에 숨어라

너의 신발도, 손도, 옷도, 머리카락도
보이지 않게 완벽하게 숨어라

술래에게 걸리면
너가 술래가 되어야 한다

혹여나 위험한 곳에는
가서 숨지 말거라

꼭꼭 숨어 있다가 잠들지 말거라
모든 아이들이 너를 찾다 못찾으면
집으로 돌아갈라

날이 어두컴컴해지면 무서우니
잠 자지 말고
술래가 못찾겠다고 외치면
나오거라

"이래도 행복하고 기뻤던

어릴적 추억이 있는데

지금의 아이들 어떠한 행복한 추억을

만들어가고 살아갈까?

조심히 와라

하나 두울 세엣 잘 따라오거라
흩어지면 엄마 잃어 버릴라
어디보자
우리 아가들 잘 따라 오나
아이구 귀여운 내새끼들
착하게도 잘따라오네

혹여나 솔개가 올지 모르니
하늘도 쳐다 보거라
위험 할땐 엄마가 싸워서 지켜줄께
엄마만 잘 보고 따라오려므나
우리 착하고 귀여운 아가들아

미안하구나

아이야 아이야 너에게 미안하단다
너홀로 커가게 하고
의지 할이 없이 외롭게 만들어서
미안하고 또 미안하단다.

형제나 자매가 너에게 있었으면
서로가 의지하고 좋았을텐데
너 홀로 외롭고 쓸쓸하고
두려운가운데서 살고 자라가게 해서 미안하단다.

우리를 용서하렴
아이야 너에게 아무 도움도 되지 못하고
처음 겪는 것들을 돕지도 못하였구나

어찌하니 부모가 못나고
먹고사는게 무엇이 중요하다고
너에게 신경을 쓰고 관심을 갖는다고 했어도

제대로 못해서 정말 미안하단다.
아이야 아이야
용서는 너의 몫이란다
감히 너에게 못하고
미안하다고 하지만 용서는 바라지 않는단다
부디 너 자신을 위하여
너의 행복과 미래를 위하여
원망과 시비보다
더 좋은 길을 택하였으면 하는 바람이다

미안하다 미안해
우린 이 말 밖에 너에게 할 수 없구나
그래도 잘자라고
이정도 생활하고 나가니 너에게 고맙단다

아이야 아이야
너의 장래를 위하여
부디
밝고 명랑하게 살아가길 기도한단다

의지하며 더불어 살자구나

사람은 혼자서 사는게 아니라네
둘이 머리를 맞대어 의지해야 완성이 되는것

내가 잘나서가 아니고
너가 잘나서가 아니고
서로가   부족한   부분을   채워주고   살아가는게
사람이로구나

욕심이 발동하기에
이기적인 마음이 요동치기에
다른사람을 짓밟고라도 일어서려 하네

그러한 이기적임이나 욕심
인간의 본연이 아니라
동물의 모습이로구나

담쟁이처럼 서로 의지하고
올라가야 끊어지지 않고
레고처럼 서로가 이어져야
무너지지 않고 완성되어 가는 것처럼
사람도 서로가 함께 의지해야
평화와 행복이 찾아오는 것이라네

"함께 하는 삶

행복하고 아름다운 삶이요 가정이며

사회요 세상이라네"

귀한자여

아이야 나의 생명보다
더 소중한자야
잘먹고 건강하게 무럭무럭 자라거라

아무 근심 없이
행복한 세상에서
좋은것만 보고 담고 생각하고
날마다 기쁘게 살아가길 바란단다

혹여나 다치거나 아프지말거라
설령 다치거나 아파도
내 아가와 함께하니 걱정 말아라

나의 생명 나의 사랑 나의 삶
나의 영원히 사랑하는 아이야
좋은 세상에서 행복하게 살아가길 기도한단다

아이고 슬퍼라

왜 나를
이처럼 학대하나

이쁘고 귀엽다고
품에 안고 자기까지 하더니

이젠 실증 났다고,
더럽다고
아무데나 버려

너무한다
정말 너희들 너무한다

나좀 깨끗이 세탁하면 될테데
서글프게 버리니

아이고 아파라

바람아 살살 불어다오
나 떨어져
저 가시에 박히지만 말게 해다오

아이고 아파라 아파
나 죽네
푹찔려 빵구났네
이젠 꼼짝달싹 못하겠구나

어여쁘네

어찌 이처럼 곱고 이쁘게
태어났을까

너의 모습 앙증맞고
애교많은 아기 모습같으며

예쁜 마음 가진 여인이
자기 마음
수놓은것 같기도하네

아이야 아이야
어여쁘고 사랑스런 아이야
모든 시선 한몸에 받고
싱그럽게 잘자라거라

고향1

꽉 막혀 답답하고
황사현상 심한 내고향

하늘을 나는 새는 없고
거미줄같이
우리집 빨래줄 같이
얽히고 설킨 전기줄만 보이는곳

정겨움은 찾아 볼수 없고
골목골목 즐비하게 널려있는 차들

자칫하면 사고날수 있는
위험한 동네
그런곳이 내 고향이라네

고향2

여기를 보아도 저기를 보아도
온 사방이 콘크리드 건물
그곳이 내 고향

흙을 찾기엔 힘든곳
고작 아파트 화원이 전부라네

눈에 보이는건
차들과 쳐다보면 고개 아플정도의 고층 아파트

아파트 모서리
일주일에 한번 장서는 날에는 북쩍북쩍
온갖냄새가 코를 못들게하고
인상찌푸리게 만드는 곳
그러한곳이 살벌하게도
나의 고향이라네

내 고향3

내 고향은 시골도 아니고
집도 아니라
산부인과 병원이라네

나처럼 병원이 고향인 아이들
무수하게 많아
외롭지.않네

병원에서 퇴원후 집으로 간것도 아니고
산후조리원으로 들어가
내 엄만 요양하고
난 젖먹을때만 엄마를 만날수 있네

내고향 엄마를 만나기 힘든곳
외롭고 쓸쓸하게 처음을 지냈다네

엄마사랑이 무엇인지
아빠사랑이 무엇인지
전혀 느끼지도 못하고 알수도 없었던 그곳이
나의 진짜 고향이라네

"정감도 없고 사랑도 없고 삭막한 세상

이런 모습이 인간을 위해 발전된

사회인가?

어찌 이런 사회가 되었나

포근함과 다정함이 넘치는 가정과 사회가

되어가며 살아가길..."

어찌 너만

다른 아이들
같이 모여 사이 좋게
지내건만
어찌 너홀로
외롭게 서 있니

너의 모습을 보니
마치
나의 상황
바라보는 것 같구나

쫄지마 네가 더 멋있어

얘야 준욱들지마라
너는 멋지고 잘생겼는데
왜 준욱들고 쭈구리고 살아가니

얘야 쫄지마라 쫄지마
너는 못하는게 없잖아
너처럼 무엇이던 잘 할수 있는 아이가 왜 쫄며
지내는데

아이야 힘을 내거라
너는 어깨를 피고 당당해라
어느누구도   너를   대항할자   없으니   쫄지말고
쭈그러들지마라

비참함

부모가 있어도 소용 없다
자식을 믿어 주기 보다
오히려 남을 믿으니 문제지

자식이 거짓을 한 적도
못된짓을 한적도 없는데
지 자식을 믿어준적 없는 부모

그런 부모를 가진 자식
비참하기에 짝이 없다

차라리 낳지를 말던지 할것이지
낳아놓고 지자식 말을 믿지 못하니
과연 부모인가 웬수인가

울 아빠 보물 1호

비싼 거금주고 사온 라디오
나4살 겨울
밖에서 팽이치기 못하게하네
방에서 팽이치기 하다가
라디오 앞유리 금이갔네
조마 조마 하다가 울아빠
라디오보고 엄청화를 내는 바람에
난도망 나갔다.
자기 자식보다!
라디오가더중요하니
죽기전까지 칭찬한번 안하셨지

키

자기보다 더 크고 긴걸 머리에 쓰네
오줌싸게 놀림 받으며 동네 한바퀴
귀한소금 얻고 안맞으면 다행
속고 속이는 창피함 다시는 안하련다

너 자신이 주인이야

이 하루도 내가 주인장
오늘 하루를 살아 갈 때
손님으로 살지 마세요
이 하루가 나에게 쥐어줬으니
주인장으로 최선을 다하여 아름답고 멋지게
살아가자구나

변치않길 바라노라

연제나 푸르름을 보여주며
살아가는 너
푸르름 만큼 너가진 열정
대단하구나
부디 시간이 흐르고
나이가 들어도 변치 않길 기대하네

왜 왜 나는

부모가 누구인지도 모르는 나
못생겼다고
고아라고 놀려대며 비웃는 너희들
난 너무나 외롭고 쓸쓸한데
오직 나에게 있는거 말 못하는 너희들 뿐이라네
이젠 말을 어떻게 해야하는지
귀는 있어도 아무것도 들을수 없으니
그저 온세상에 버림 받은 나 혼자라네
날 낳았다는 이들이 버리고 떠났는데
세상 모르는자들은 오죽이나하랴
내거짓말도 하지 않고
도적질도 하지 않았건만
모든죄 뒤집어 쓰는건 오직나로구나
숨자 숨어 꼭꼭숨어보자
어느누구도 찾는이없으니 나타나지 말자

부모들아!

부모들아!
어린이들의 동심을 배앗지 마라
부모들아!
어린들이 자유를 만객하게 하라
부모들아!
어린이들의 꿈과 희망을 바꾸지 마라
부모들아!
어린이들을 어린이 답게 살아가게 하라
부모들아!
어린이들은 나의 소유가 아니라
나에게 잘 가꾸라고 맡겨준 씨앗인것을 알라

풀꽃이라

봄을 알리는 풀꽃이라 풀꽃
앙증맞고 색이곱구나

아무리 깊이 숨을 들이 마시며
냄새를 맡아도
꽃향이 아니라 풀꽃이라 풀의 내음만 들어오네

살펴보고 또 살펴 보아도
꿀벌 그냥 왔다 지나치니
향기가 중요함을 알겠으니

우리네들 자신이
어떠한 향기를 내느냐도
중요하다는것 알겠구나

물려 주어야 하네

봄을 맞이하여
설레이건만
너무 일렀나
봄비 연일 내리고

새삭 쌔잎 돋아나며
묵었던 잎새들
새로운 세대를 위하여
그자리 아낌 없이 물려주고
훌쩍 떠나는구나

그런데 어쩌나
유독 사람들은
떠날줄 모르고
자기 욕심 채우려고 자리차지 하고 있구나

그 이름

봄 그 이름
가슴 설레이게 하는 이름

그 이름이 다가와
행복한 사랑
달콤한 맛과 행에 취하여
고이 간직하네

놀아보자

놀아보자 신나게 흔들어보자
정신없이 혼이 나가듯이 뛰어보자

흔들어보자 땀이 나도록 흔들어보자
발에 불이나도록
후회없이 팔작 거리며 올라보자

모든것을 잊도록
추어보자 날아가도록 추어보자
다만 죄를 짓지 말고 건전하게
원도 없이 인정사정 보지말고 춤추어보자

너도나도 우리모두
아픔과 고통 다 덜쳐 버리자
더러움과 모든 근심 걱정
훌훌 털어버리자

조심히 와라

하나 두울 세엣 잘 따라 오너라
흩어지면 엄마 잃어 버릴라
어디보자
우리 아가들 잘 따라 오나
아이구 귀여운 내새끼들
착하게도 잘 따라오네

혹여나 솔개가 올지 모르니
하늘도 쳐다 보거라
위함 할땐 엄마가 싸워서 지켜줄께
엄마만 잘 보고 따라 오려므나
우리 착하고 귀여운 아가들아

전학

싸우기 싫어도 싸워야하네
나의 보금자리를 위하여

누군가가 새로 들어오네
가만히 보니 나보다 힘셀것 같고
잘못하면 보금자리 빼앗길것 같아
아무 이유없이 시비걸고 싸움을 시작하네

내가 지면 고달픈 생을 살아야 할 판
편안한 생활을 하기위해선
어쩔수없이 죽기까지 싸워 이겨야하네

새로운 곳에 가서 적응하기란 어려운 난관
여차하면 골로 갈수도 있기에
정신 바작 파리고
사방팔방에 눈을 가지고 크게 뜨고 감시해야
살아남네

단 한번의 싸움
고달픈 생의 길이 열리냐
편안하게 생활하고 내 마음대로 할수있나
무조건 이겨 승리해야하는 길이라네

"비극의 시작 가정일수도 있지만

가정에서 잘못 받은 교육으로 인하여

폭팔 장소가 학교이니

학교가 비극의 온상지로구나

누가 어떻게 고쳐가랴

부모들아 내 자식에게 관심을 가져라"

엄마

엄마 어디 가는거야
나 너무 힘들고 목 마른데 여기서 잠자면 안되
아가야 아가야 여기는 안된단다 이곳은 너무나
위험하단다 조금만 더 가면 안전하고 좋은곳이
나올거야

엄마 근데 왜 우리만 떨어져서 가는거야
그리고 궁금한데 다른애들은 아빠가 있던데 왜 나는
없어
그거는 우리 아가가 조금더 커서 엄마 말을 이해 할
수 있을 때
말해줄께

엄마도 아빠가 그립고 보고싶단다
아가야 이제 안전한 곳에 왔다
해도지고 피곤한대
여기서 잠자고 일찍 일어나 친구들 있는
곳으로가자구나

아가야 이리오렴

엄마 베고 자거라 아빠꿈꾸고 행복하거라 사랑한다

아가야

손수건

학교 처음 가는날
가슴에 하얀 손수건
왜 그리도 코가 흐르는지
손목 부분 옷에는
언제나 누런 콧물 덕지덕지
학생이라 가슴 손수건에
코를 닦는데 너무 더러워 놀리네
일학년 딱지 코딱지
놀리는 애들 쫓아가고
울며 집에가네

귀한자여

아이야 나의 생명보다
더 소중한자야
잘먹고 건강하게 무럭무럭 자라거라

아무 근심 없이
행복한 세상에서
좋은것만 보고 담고 생각하고
날마다 기쁘게 살아가길 바란단다

혹여나 다치거나 아프지말거라
설령 다치거나 아파도
내 아가와 함께하니 걱정 말아라

나의 생명 나의 사랑 나의 삶
나의 영원히 사랑하는 아이야! 좋은 세상에서
행복하게 살아가길 기도한단다

세상

기우뚱 갸우뚱
세상이 웃기네

돌아가네 가꾸로만
앞으로보고 가도 힘든데
요상하게만 보이네

재밌다 재미있어
미쳐돌아가는 세상
빙빙 돌아가니 나도 미칠것 같지만
절대 너흴 닮지 않으련다

누가 살까

저집엔 누가 살까?
저집에 사는 사람은 행복할까?

어디 한번 살펴보자

집안이 컴컴해서 보이지 않네
이렇게 껌껌한데서 어떻게 살까?

문이 열리나? 어디 한번 열어보자
와 문이 열린다
살금살금 들어가보자

아무도 없네 실망이다.
그런데 엄청 잘해놓았네
행복한 사람이겠다

나가자 나가
웅장한 이집 태풍이 불어도

지진이나도 절대 무너지지 않겠다.

정원도 넓고 아름답고
너무나 좋다 좋아
뛰어 놀아도 되고
점점 더 궁금해진다

어디한번
주인이 들어올때까지
숨어서 지켜볼까?

행복한 가정

행복한 가정
꿈에도 그리던 가정

너와 내가 함께하며
사랑과 기쁨이 넘치며
사랑이 완성되어지는 가정

너와 나분만 아니라
너를 닮고 나를 닮은 아이가 함께하니
웃음이 넘치는구나

이웃

추운데
왜 거기 서성이니

아무도
나를 불러주지 않아요

그렇구나
내가 미안하구나

이리오렴
여기는 거기보다 훨씬 따듯하단다

깨끗해 지려고

묵은 때 벗기려고
욕실문을 열어본다

뜨거운 물로
살이 빨개지도록 뿌린다

버거웠고 지쳤던 하루의 모습
온 정성 다해 씻겨
하수구로 쏴-악 쏜살 같이 빠져간다

뿌우옇게 가리워진 거울 너머
새롭게 탄생한 그 누군가가 나를 쳐다본다

밖에서 묻어 들어온 모든 것 완전히 빠져 나가고
상쾌한 기분으로 가볍고 편안함의 꿈속으로 날아
들어간다

가족

울타리가 있어 쉼이 있고
언제던지 함께 할 수 있음이 더 좋네

가족은
어느 한 사람만의 희생이 요구 되는 것이 아니고

서로가 감사하며 사랑하기에
서로가 돌보고 스스로 책임지고
희생도 마다하지 않아야하네

함께 하기에 행복이 넘치고
서로 돌보기에 따뜻함과 위로와 평안이 깃드네

가족은 없어도 그만 있어도 그만이 아니라
서로의 사랑과 행복을 나누는 꼭 있어야 하는 소중한
가족이라네

나는 오직 나이다

나는 너에게 누구이며
너는 나를 무엇으로 생각하는가

아무렇게나
너 맘대로 생각해도 괜찮다

나는 변할수 없는
나 이기 때문이다

생애 첫 내딛음

두려움과 떨림의
한발자욱 한발자욱
내딛을 때마다 뒤뚱뒤뚱 거리네

이젠 어느정도의 용기가 생겨
한걸음 한걸음 옮길때마다
뒤를 돌아보고 또 앞으로 내딛네

조마조마 가뿐숨을 내뿜으며
더 힘차고 더 쎄게 꾹꾹 눌러가며 내걷지만
이마에선 땀방울 맺혀 떨어지고
긴장탓에 생쥐와 같이 온몸이 흠뻑 젖어 들어가네

이름 모를 풀꽃

매일 아침 스쳐 지나가다
오늘은 눈에 확 들어오네

쪼그려 앉아 자세히 살펴보니
어찌나 색이 곱고 이쁜지

생김새도 신기하고 앙증맞고 귀엽네
이상하게 너를 바라보면
너의 가운데서 새삼 너를 발견하네

친구

나는
수백명의 친구보다
단 한명의 친구라도
진실되고 거짓 없이
한 평생을 함께 할 수 있는 친구
당신이 더 소중하다

괜찮으니

우산을 씌워 주었는데
이젠 괜찮으니

햇빛이 내리 쬐어도
비가와도
너는 괜찮을거야

내가 널 보호해줄께
언제나
즐겁게 만들어줄께
사랑해

잡초의 꽃

현실을 중요시 하는 너의 삶
언제나 위 보다 앞을 바라보고 살아가네

이상적인 면보다
오늘이 더 중요해 최선을 다하며
너를 방해 하더라도
아랑곳 하지 않고
의식하지도 않네

너는 악착같고 끈질긴 인내
실제적인 사람으로서
어떠한 역경도 이기고 더불어 살아가네

너희들이 있기에

외롭고 적막했던 집
한사람이 늘어나고
행복과 웃음이 가득 차였네

사랑을 하고 행복해하니
너를 닮은 어여쁜 공주와
나를 닮은 장난기 넘치는 아들
선물로 주셨구나

집안은 사랑과 웃음이 끊일새 없고
요란한 소리 집을 떠나가게 만드네

나무에 그네를 매달고
아이를 번갈아 태워주니
머얼찍까지 날아갔다. 다시 돌아오네

그사이 우리부부

사랑이 넘치고
소근소근 여전히 행복이 차고 넘치네

덥구나 더워

너를 보니 많이 더웠구나
거기 구석에 숨어서
푹 쉬고 있으니 기특하구나

어디 아프지은 않니
아프지 말게 푹쉬고 나중에 일하려므나

무더운데 일하다
어디라도 아프면 큰일이란다
알았지

무슨일 있니

얘야 무슨일이 일어났니
아니면
친구보고 쫓아가는거니

나는 너를 쫓지 않으니
무서워 말고
도망가지 말거라

내가 너를 지켜주고
보호할테니
아무 염려 말거라
어서 내려와 재미나게 놀려므나

엄마 나 너무나 힘들어

엄마 나 너무 힘들어
세상이 이리도 무서운거
이제야 알았어

엄마는 어른이잖아
나 같이 어릴때
엄마는 어떻게 버텨왔어

아가야 우리 아가야
엄마가 유일하게 사랑하는 아가야

엄마도 아가랑 똑같았단다
엄마가 힘을 보태줄께

엄마처럼 울 아가도
잘 할 수 있단다

엄마한테는 엄마 보다도
아가가 더 소중하단다

그 어떠한 것이라도

무참히 버려질 땐
쓰레기가 아닌 것도
쓰레기로 전락되어 버리고

비록 쓰레기일지라도
그것이 어디에던 사용되어진다면
쓰레기가 아니라네

아픔이 있어야

꽃이 이쁘게 피기 위하여
힘들고 어려운 시간을
견디고 이겨내야 하네

잘 견디고 이기기만 하면
모든이들 우러러 보며 탄성 자아내는
곱고도 어여븐 모습과 향기를 보여줄수 있으리라

너도 어여쁜 꽃과 마찬가지로
모든 난관 이겨내고 성장하면
더 멋지고 아름다운
성숙한 너 자신으로 탄생 될 수 있으리라

이제는 너를 위하여

맑고 청순한 너의 모습
어디에 비교 할 수 있으랴

순박하고 여린 너의 마음
늘 눈물 머금고 살아가는구나

이제는 땅만 보지 말고
하늘을 바라보고 마음껏 가지개를 펴고
행복하게 살아가거라

늘 싱그러움을 가지고

주변에서 모든게 무너져 내려도
꽃과 나무들은 자기의 맡은 일 다 할 뿐이라네

누군가가 자기에게 돌을 던지고 비방 하더라도
아프고 괴로움은 있겠지만
자신의 소임을 게을리 하지 않는다네

그러기에 꽃과 나무들을 통하여
신선하고 아름다운 향기를
선물로 받는다네

너 역시 힘들고 아픔 마음과 상처가 있을지언정
지금 그 자리에 주제앉아 낙망하지 말고
일어나 너에게 주어진
미션을 이룸으로
멋지고 아름다운 너의 삶으로
다른이들에게 힘을 주면 좋으리라.

제일 큰 고통

부모 잃은 아픔
부모에게 버림받은고통
어릴때 일 수록
더 크고 더 뼈에 사무치는
아픔과 그리움

당하지 않은자는
도저히 모르는 아픔과 고통
아무리
이해 하려 해도
이해 못하는 상황

즐거움도 기쁨도
웃음도 모두 잃어 버리고만 삶
왜 나에게 이런 일이 일어났을까
자신이 태어난걸 원망만 할 수 밖에 없네

김치

왜 그리도 많을 까
이름 모를 김치들이

별의 별 야채들이
배추 속으로 쏘-옥-쏙

날 김치는
날 김치대로 맛있고

익은 김치는
새콤 달콤 군침 돌고 침이 멈추질 않네

맛도 영양도 좋아
이것 저것 만들어 입으로 쏘옥

서두르지마

한발자욱만
뒤로 물러서서
바라보아라

한 걸음만
멈추어
쉼호흡하고
사방을 둘러보고 가보아라
아마
다른것들이 보이고
머리에 들어올것이다

어디로 가니?

넌 어디로 가고 있니?
나도 떠나고 싶다
정처없이
너가 가는곳 어디던
훌훌 털어버리고
마냥 가고싶구나.

기린과 파파야

난 기린이야
다리도 길지만
목도 길어
그뿐 아니라 내 입속에 숨기워진 혀도 길다

난 왠만한 높이에 있는건
다 따서 먹을수 있어
너희들은 낮은곳에 음식 먹어

너희들이 먹지 못하는
가시가 많은것도 잘먹어
당연히 과일도 잘먹지
나는 유리한게 많아

그런데 문제가 있어
도망은 잘가는데 숨을수가 없어
그래서 죽기살기로 싸워야해

우물

와 우물이다
왠 우물이 여기에 있나
너무 조그맣네

여기서 물이 나오네
어디 살펴보자
에이 난 진짠줄 알았는데

이런 우물들은
장식품이구나
어찌 마당에다가 진짜처럼 만들었나

들키면 죽는다

꼭꼭 숨어라
사냥꾼에게 걸리면
큰일날라

너희들은
눈이 크니 눈도 감아라
별보다 더 빛나는 눈이 걸리면 붙잡한단다

이리로 오고 있다
점점 다가온다
숨을 죽이거라

아빠가 잡힐라
엄마가 잡힐라
아가가 잡힐라
휴~우 다행이다
사냥꾼이 돌아갔다
조금만 더 있다가 나오너라

당신때문에

당신을 보듯
꽃을 보고 느낀다

애절절한 사랑이
나에게 있기 때문에

시간이 흐르면

털컥 턱 턱 네모난 돌
부딪치며 굴러가는 소리

둔탁하다 못해 씨끄럽기 까지 한
모서리들이 이리저리 닿는 소리

모가 난것이 많이 아프게 하더니 만
이제를 스무스하게 구르는 소리

어느것과 부딪쳐도
요란하거나 상처를 안기지도 않네

경칩

드디어 깨어나는구나
깊고도 깊은 잠에서
이젠 깨어나 세상 밖으로 나와
활동하기 시작하는구나

새날을 맛보고
신가하듯 두리번
너무나 변한환경에 어리둥절
적을 시간 필요하겠네

너나 나나 우리모두
겨울잠에서 깨어나
세상을 분별하고
사람답게
따스한 정감 가지고
희망과 꿈을 펼치며
살아가보자구나

석류

누가 만들어 놓았는지
빈틈하나 없이
가지런히 놓여
차곡차곡 쌓여가는 너의모습

설익었을때는
투명하게 속살이 다 비취더니만
알알이 영글어 탐스러운 색을 띠고있네

한입가득 입에 넣어보면
어찌도 그리 새콤달콤하고
물을 한가득 토해내는지
너에게부터 떨어질수가 없구나

자연의 이치

피고지고 열매맺고
하염없이
피고지고 열매 맺으니
자연의 이치 놀랍고
창조주의 솜씨 아름답구나

오직 인간들만이
자연의 이치를 외면한채
지 멋대로 사는 모습
안타깝고 가여울뿐이리네

가정의 소중함

가정에 충실한
사람은
사회에서도 충실 할 수 있다
그러나
사회에서 충실한
사람은
가정에서 충실 할 수 없다

스스로 할줄 알아야해

친구야
너는 혼자서 하니

옷 입는 거, 밥 먹는 거
그리고 화장실 가는 거

왜 그런거 묻는데
말하기 싫어

우리 나이때는
스스로 다 할줄 알아야해

잘못하면
커서도 혼자서 못한다

언니 오빠 형들이
부모 없으면 아무 것도 못하는거 보았어
스스로 할 줄 알아야
나중에 힘들 때도 혼자 할 수 있어

동침

거미줄 여기저기
올가미 채우듯
걸리었것만,

보이지 않을 정도의
쬐끄마한 꽃들은
줄줄이
피어 오르고,

향기따라
꿀벌들
옹기종기 왔다갔다
분주하게
먹고 마시고
다니네.

너의 길로 가라

가라 가라
너의 길로 가라

비록 보이지 않더라도
어려운 길이라도
실망하지 말고
굳건하게
오직 너를 위해 준비된
그 길로 가라

아시나요

태아는 눈으로 볼 수가 없다지만
꼬물 꼬물 거리잖아요

태아는
바로 당신 자신의 목숨입니다

당신 자신을 사랑한다면
태아를 사랑해주세요

창조주께서 주신
소중한 존재거든요

너를 알려면

거울을 보면
지금의 나를 볼 수 있고

자녀를 보면
과거 나의 모습을 알 수 있으며

부모를 보면
미래의 나를 발견 할 수가 있다

그것이 싫고 끔찍하다면
죽어라 노력하고 변화하려므나

작가의 말

삶은 추억이 되고 추억은 글이 되어 읽혀지네
모든 사람들에게 좋은 삶 행복한 삶
기억 하기도 싫은 삶도
겪어가며 살아 가는게 삶이라네

아픈것은 훌훌 털어 버리거나
씻어 버려야 하는데
아무리 애를 써도 그렇게 쉽게 되어지지가 않네

우리들의 모든 삶이
추억이 되고 글이되어 읽혀지는 것 처럼
우리 동심들의 삶도
역시 모든 겪고 있는 것 들이 삶이고
추억으로 기억에 저장이 되고
나중에는 글이 되어 읽혀질 것이라네

어른들은 동심 속에서
살아가는 이들에게
아픈 추억 보다 불행한 추억보다
좋은 추억 행복한 추억을 담고
살아갈 수 있도록
좋은 모습들을 보여주며 사랑가야 할 걸세

나의 아픔이나 고통을
되풀이 하도록
돌려주는 어른들이 되어지지 않길 바라네
이 책 의 모든 것은
우리들의 경험과 추억일 수가 있네
우리 모두가 주인공이라네

저자 소개

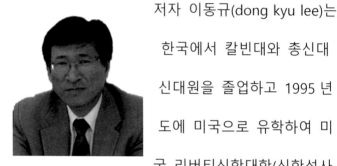

저자 이동규(dong kyu lee)는 한국에서 칼빈대와 총신대 신대원을 졸업하고 1995 년도에 미국으로 유학하여 미국 리버티신학대학(신학석사-기독교교육전공)과 아주사퍼시픽대학(기독교교육학 석사)을 거쳐 풀러신학교에서 2014 년도에 "Strategy for Whole-Person Christian Education through the Family"제목으로 목회학 박사 학위를 취득하였다.

LIFE UNIVERSITY와 WORLD CHRISTIAN UNIVERSITY 교수를 역임했다. 그리고 캘리포니아

에 있는 CHONGSHIN UNIVERSITY THEOLOGICAL SEMINARY 총장을 역임하였으며, 또한 ALL THE NATION INTERNATIONAL EVANGELICAL GENERAL ASSEMBLY 총회장을 역임하였다. 한국기독일보 칼럼리스트의 경험과 아울러 미국의 시니어유에스에의 칼럼리스트로 활동하였다.

Ready for Loved 도서의 강사를 역임하였으며,

Lastering The Mysteries of Love 도서의 강사도 역임하였고,

Mastering the Mysteries of Love 도서의 강사도 역임하였다.

현재 PACIFIC COAST UNIVERSITY 총장으로 재직중이다. 그리고 현재 앵커한인교회 담임목사로 섬기고 있으며, 저술들을 활발히 집필중에 있다.

저술 서적으로는 2015 년 11 월에 도서출판 밀알서원의 "전인적 기독교교육"이라는 책을 출판하였다.

현재 부크크출판사에서 전자책과 종이책 "시인과 AI의 만남"출판

현재 부크크출판사에서 전자책과 종이책흑백 "기억속의 삶이 미래를 꿈꾸는 행복이었으면 얼마나 좋았을까(모든이들이 겪어가는 시간들)"출판

뉴욕문학 시조 신인상 시조시인으로 활동

미주크리스챤 문인협회 시 신인상 시인으로 활동

재미수필 문인협회 수필신인상 수필가로 활동

서울문학 등단시인

한미크리스챤 문인협회 시 평론가 대상 평론가로 활동

현재 디카시인협회와 한미크리스챤 디카시인협회 회장으로 활동(미국)

현재 브런치 작가 활동